Blind Marchen

블라인드 메르헨

원작 윤현석
1985년 출생 한국예술종합학교 영상원 애니메이션과 재학
2007년 〈너에게 날리는 홈런〉
– 제 2회 SICAF 국제디지털만화공모전 대상
2010년 〈남김〉
– 제 8회 대한민국창작만화공모전 대상
2011년~현재 〈블라인드 메르헨〉 연재
작가 블로그 http://moolso.com

그림 연우 (우영욱)
1982년 출생
2006년 홍익대학교 회화과 졸업
2007년~2009년 〈핑크레이디〉 연재
2010년 〈감정사〉 연재
2009년~2011년 〈핑크레이디 클래식〉 연재
2011년~현재 〈블라인드 메르헨〉 연재
작가 블로그 http://blog.naver.com/goodhd

Blind Marchen
블라인드 메르헨❷

초판 1쇄 2012년 05월 25일

글 윤현석 **그림** 연우 **발행인** 강우식 **에디터** 서은정. 안지선 **마케팅** 박창석.박관호 **경영지원** 이창대 **디자인** 김은정
인쇄 대일문화사 **펴낸곳** (주)코리아하우스콘텐츠 **주소** 경기도 파주시 교하읍 문발리 535-7 세종출판벤처타운 B05호
내용 및 구입문의 031-955-1057~8 **FAX** 031-955-1059
홈페이지 http://blog.naver.com/koha2008 **등록** 제406-2010-000058호

ISBN 978-89-93769-84-5 17810
        978-89-93769-70-8 (세트)

값 15,000원

Blind Marchen

블라인드 메르헨 ②

원작·윤현석
그림·연우

코리아하우스
Koreahouse

작가의 말

　안녕하세요. 언제나 독자분들의 사랑을 먹고 자라는 연우입니다. ^^
　〈블라인드 메르헨〉은 〈핑크레이디〉, 〈핑크레이디 클래식〉에 이은 저의 세 번째 연재
작입니다. 세 번째 만화까지 마치고 나니 벌써 제가 만화가가 된 지 5년이 넘었네요.
시간 참 빠릅니다.
　요즘은 더 잘하고 싶다는 생각이 듭니다. 처음 만화를 하려 한 이유는 별다른 게 아니
었습니다. 하고 싶은 거 하면서, 잘할 수 있는 거 하면서 먹고 살기 위해…….
　그런데 만화가로 살다 보니 예전과는 많이 바뀌었습니다. '잘하고 싶다…….' 잘하고
싶습니다! 지금보다 더. 먹고 살려고 시작했는데 지금은 더 잘하고 싶어졌습니다.
　그리고 책 예쁘게 내주신 코리아하우스콘텐츠에 감사드려요~
　마지막으로 〈블라인드 메르헨〉 독자분들께 진심으로 감사드립니다.
　앞으로도 더 좋은 모습 보여 드리도록 할게요.

연우

　〈블라인드 메르헨〉의 원작을 맡았던 물소, 윤현석입니다.
　이 만화는 서로 다른 삶 속에서 다른 상처를 안고 살아온 소년, 소녀가 서로를 지탱
하게 되는 이야기입니다. 씩씩한 애린이도, 이수도 서로가 없었다면 결코 쉽지 않았을
겁니다.
　이 만화를 그려가는 과정도 마찬가지였습니다.
　듬직하게 끌어준 연우작가와 네이버 웹툰 팀분들, 응원해준 동료작가분들, 소중한
많은 친구들이 아니었다면 결코 쉬운 길이 아니었을 거예요. 코리아하우스분들과 만화
를 읽어주시는 모든 독자분들까지…….
　이 모든 것이 제겐 큰 보물과 같았습니다.
　저를 지탱해 오는 모든 이들께 큰 감사를 더합니다.
　그리고 〈블라인드 메르헨〉에 등장했던 모든 동화들과 세상 모든 이야기들에게도 애
정 어린 고마움을—

윤현석

캐릭터 소개

서애린

갑작스런 교통사고로 인해 앞을 보지 못하게 된 이후, 동화 속 세상에 기대어 살아가는 소녀. 자신이 잃어버린 기억이 무엇인지 되찾기 위해 류이수에게 도움을 얻는다. 서로의 마음을 조금씩 키워가며 자신이 잃어버린 것이 무엇이었는지 깨달아 갈수록, 점점 커다란 위기를 맞이한다. 이윽고 소녀에겐 선택의 시간이 찾아오는데….

류이수

한때는 동화를 좋아했지만, 집안의 계속된 불행과 가난으로 인해 물질적인 것을 중요시하며 동화를 믿지 않는다. 앞을 보지 못하는 동화작가 서애린을 도와주게 되면서 동화 같은 사건들에 휘말린다. 무력한 아버지에게 실망하던 류이수는 소녀에 대한 연민의 마음을 키워간다. 그러던 중 그녀와 관련된 새로운 사실을 알게 된다.

류동희

이수의 여동생. 집안의 불행과 고난에도 불구하고 밝고 따뜻한 마음을 갖고 있으며 애린이가 쓴 동화책을 유난히 좋아한다. 다만, 어린 시절부터 심장병을 앓아 학교를 다니지 못해 집에서 지내는 게 일상이 되었다. 조금씩 악화되는 지병으로 인해 위기가 점차 심화된다.

애린의 이모

교통사고가 난 이후 서애린을 못마땅하게 여기며 구박한다. 그녀가 외출할 때마다 극도로 예민하게 반응하며 언제나 다락방에 가둬 두려 한다. 서애린이 기억을 되찾아 가는 과정에서 진짜 정체와 목적이 드러난다.

차례

TALE
5

거울 나라의
일곱 난쟁이

덜컹

"딸꾹…
애비 왔다!"

?!
'이수 씨네 아버지?'

"야, 류이수.
옆에 갠 누구냐?
어, **여자?!**"

"집에 여잘 델꼬 와?"

"그런 거 아녜요!
아버지야말로
어디서 뭘 하다
이제 온 건데요?"

"이게 어디서
말대꾸야!"

"저… 늦은 시간에
이렇게 폐를 끼쳐
죄송합니다…."

"허, 배운 말투를 쓰는 게
곱게 자란 애 같은데
이 시간까지 이럼 되겠어…?

…으?"

"으음…?"

"애 얼굴이
낯이 익은데…

혹시 어디서
나 본 적 없어?"

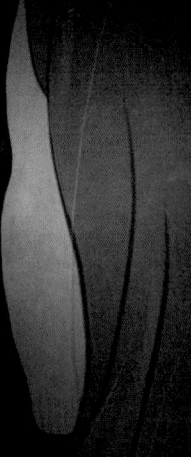

"…예?!"

"말해도 얘는
아버지 얼굴 못 봐요!

그러니까 쓸데없이
술냄새 풍기지 말고
들어가요!"

"어디서
봤더라…?"

"애비가 어디
취해서 이러는 줄 알아?
아냐, 아냐…

진짜 어디서 봤어."

"……."

"어디서었더라…."

술냄새와
이 목소리…

어, 어디선가…?

"…?"

"너…너, 넌!"

"도대체 무슨…?!
아버지,
애 본 적 있어요?"

"히이익…!! 나, 난
아무것도 몰라…

모른다고!!"

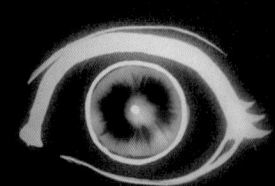

"좀 진정하고
이야기해 봐요!"

"됐으니까

어서… 쟤를 내보내!
내쫓으라고!!"

"……."

어디서부터 어긋난 걸까…
내가 잃어버린
조각들은 무엇이었을까.

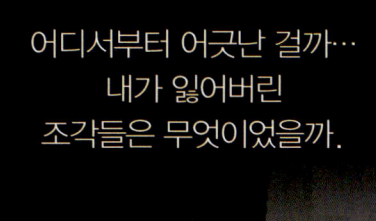

왜… 나는 보이지 않는 걸까?

다시 앞이 보인다면
난… 무엇을 보게 되는 거지?

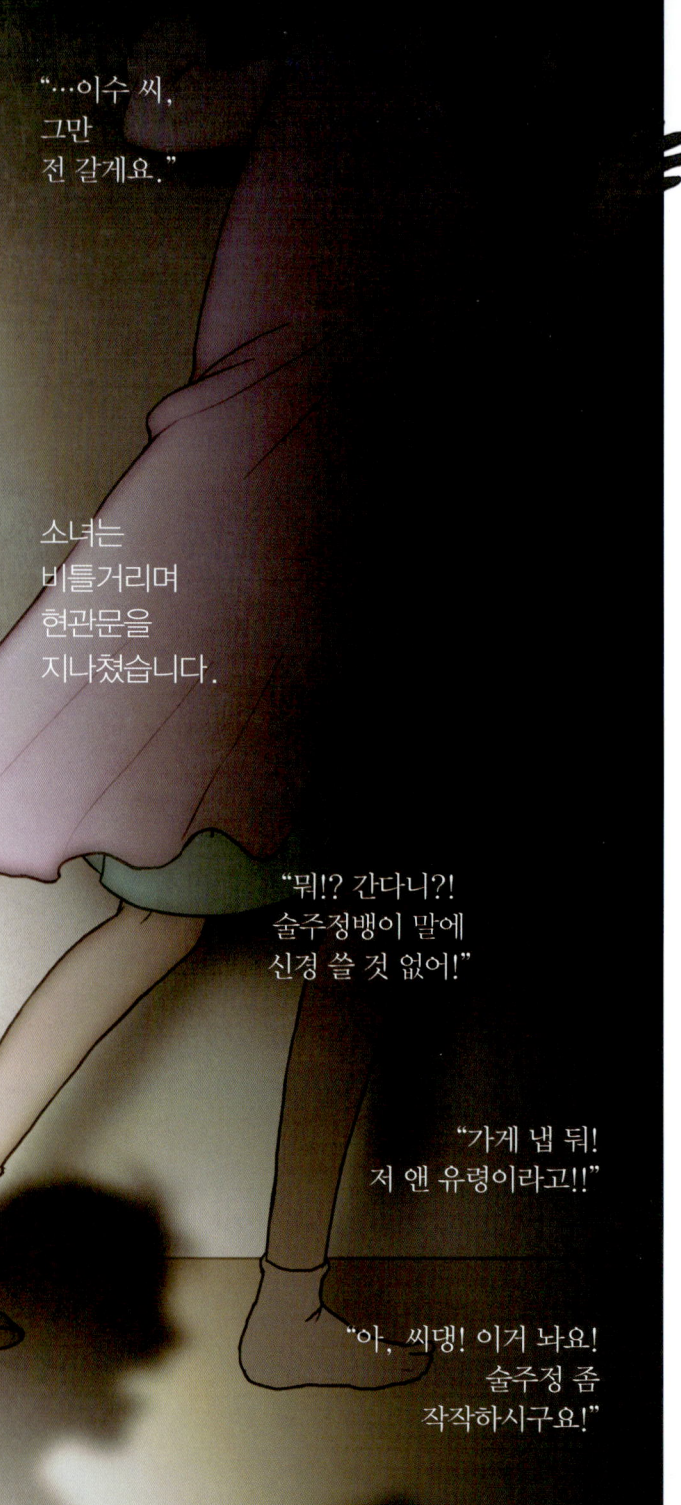

"…이수 씨,
그만
전 갈게요."

소녀는
비틀거리며
현관문을
지나쳤습니다.

"뭐!? 간다니?!
술주정뱅이 말에
신경 쓸 것 없어!"

"가게 냅 둬!
저 앤 유령이라고!!"

"아, 씨댕! 이거 놔요!
술주정 좀
작작하시구요!"

"야! 보이지도 않으면서
어딜 가겠단 건데?!!"

탁

탁 탁

탁

"내 눈이 안 보이는 건
다쳤기 때문이 아니라
정말 다른
이유 때문인 걸까?"

"글쎄 – 정말
모르는 걸까?

떠올리기 싫어서
잊어버린 척했던 거
아냐?

거짓말하면
안 돼, 앨리스…."

"…아무것도
모르겠어!"

"…나, 난……."

"서애린!"

"떠올리기 싫다면
그렇게 해. 머리 아픈 건
죄다 던져버리고
이쪽으로 오렴 – 앨리스…."

"…언제나
기다릴 테니까…."

"……."

"애린아…!
야, 서애린!!"

"무슨 일이야?!
갑자기 왜 뛰쳐나갔어?
그리고… 어떻게

혼자서…?"

"……."

"…저 있죠,
생각났어요."

"기억해내고
싶었지만,
기억하고 싶지
않았던 것들…."

?!!

"저는 일 년 전,
교통사고로
눈을 다쳤다고
생각했어요.

하지만… 사실
그게 전부가
아니었어요."

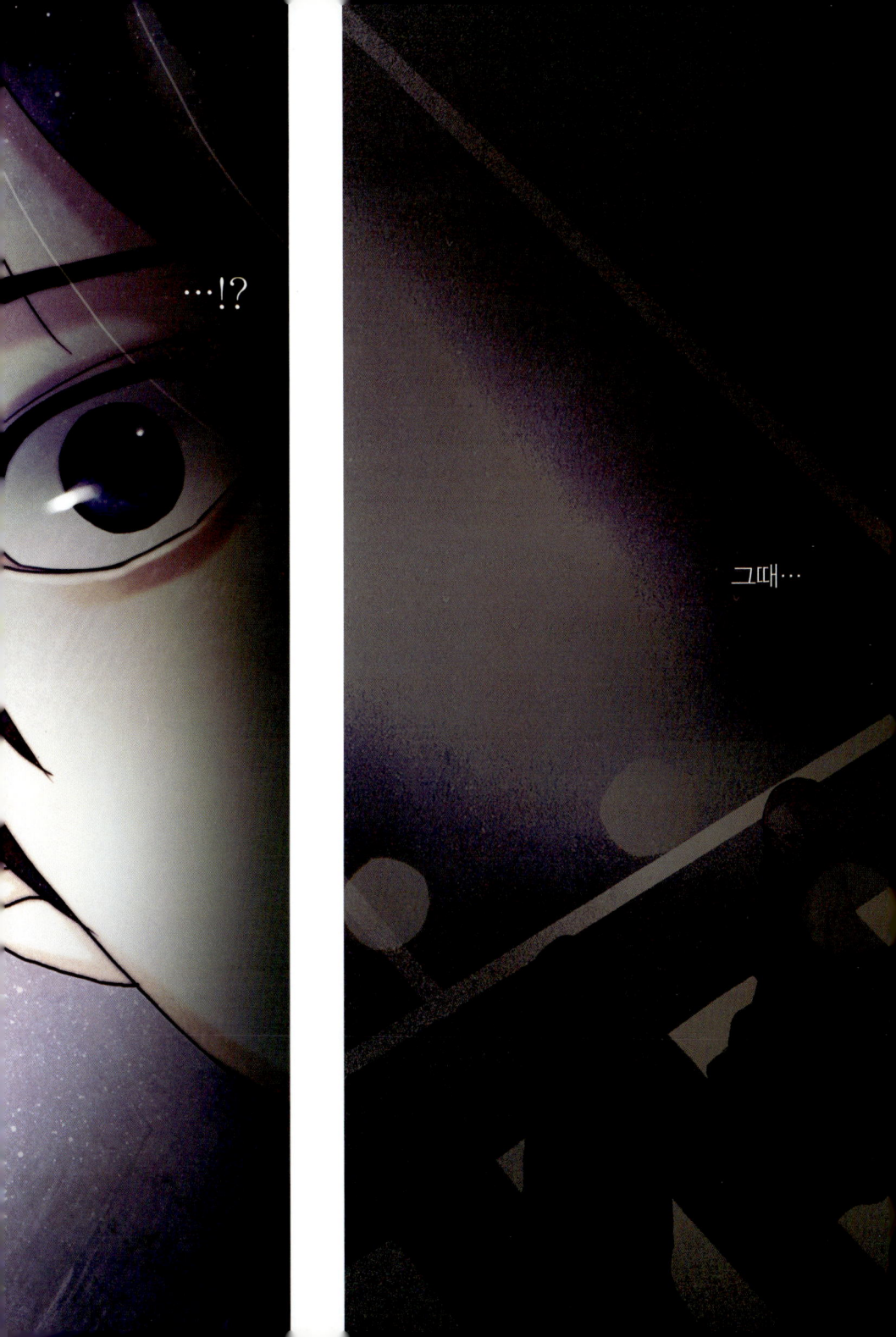

끼이이이이이이익!

"히익…!!"

…술 취한 트럭 기사는
그대로
달아나 버렸어요.

저와 부모님을
내버려두고는….

그리고
그 트럭 기사는…

"아냐!
…난 믿을 수 없어…!"

"…그 트럭 기사가
내 아버지라니…!"

"믿기 힘들 거라고
생각해요….

저도 사실이
아니었으면 좋겠어요…."

"…그런 말 했었죠?
부모라는 건
뗄 수 없는 그림자 같다고…"

저는 두려워서
제 그림자를
보고 싶지 않아서
결국 이렇게 돌아왔지만,

이수 씨는
똑바로 응시할 수
있었으면 좋겠어요."

결국 우리들은
그림자를 떼버릴 수
없잖아요?

……
영원히 어른이
되지 않는 피터팬은
아니니까….

소년은
조용히 뒤돌아가는
소녀의 뒷모습을
바라보며

아무 말도
할 수 없었습니다.

"......"

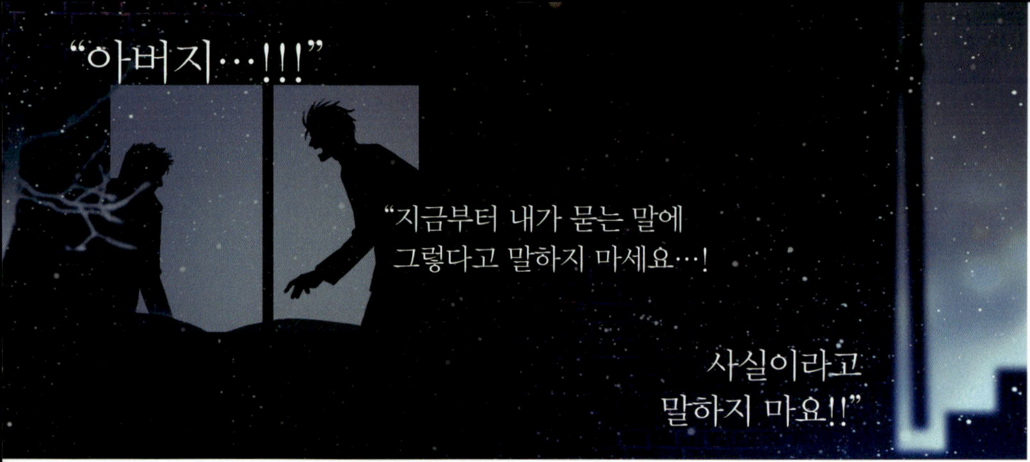

"아버지…!!!"

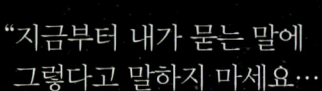

"지금부터 내가 묻는 말에
그렇다고 말하지 마세요…!

사실이라고
말하지 마요!!"

"알았어요?!
알았냐고요!!!!"

"크흑….."

"아버지!!!"

"사…

사실이다….”

…!!

"내가 그 애 가족을 쳤어….”

쿵

소녀는 추운 겨울 거리를
끝없이 홀로 걸었습니다.

살이 에이는 추위…

소녀가 몸을 웅크리자

안쪽 호주머니에서
기억에 없는 자그마한
성냥갑이 만져졌습니다.

···스윽, 탁!

···스윽, 탁!

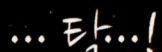

... 탁...!

성냥을 하나씩
태워갈 때마다

소중했던 기억들과
다시는 돌아올 수 없는
순간들이

작은 불꽃처럼
일렁였습니다.

스쳐 지나가는
행복한 표정의 행인들은
모두 사라지고

더 이상 아무런
성냥도 남지 않았을 무렵,

소녀는 거리에
도착했습니다

사고가 났었던
바로 그 장소에….

쾅
쾅

쾅

철컹

"······?"

"…엄마… 아빠…"

털썩

"자, 수색해!"

"예!!!"

"당신들 뭐야?!!
이게 무슨 짓…!"

타다다

"류이수 씨! 약취유인 혐의로
신고 접수가 들어왔습니다.
수사에 협조해주시죠."

"뭐가 어째?
내가 누굴
납치라도
했단 거야!!"

"피해 신고한 가족분들이 있으니
경찰서에 가서 듣겠습니다!"

"웃기지 마···!
저 자들은
애린이 진짜 가족도
아니라고!!

애린이
진짜··· 진짜,
가족은···!"

"······."

"없는 것
같습니다!!"

"그래? 그럼 일단 같이 가시죠, 류이수 씨!"
"이수야, 대체 어떻게 된 일이냐?"
"잘못한 것 없다 했잖아!!!"
"증거가 있는데도 자꾸 이러시면 어쩔 수 없습니다!"
찰칵
!!!
"…오… 오빠?!"

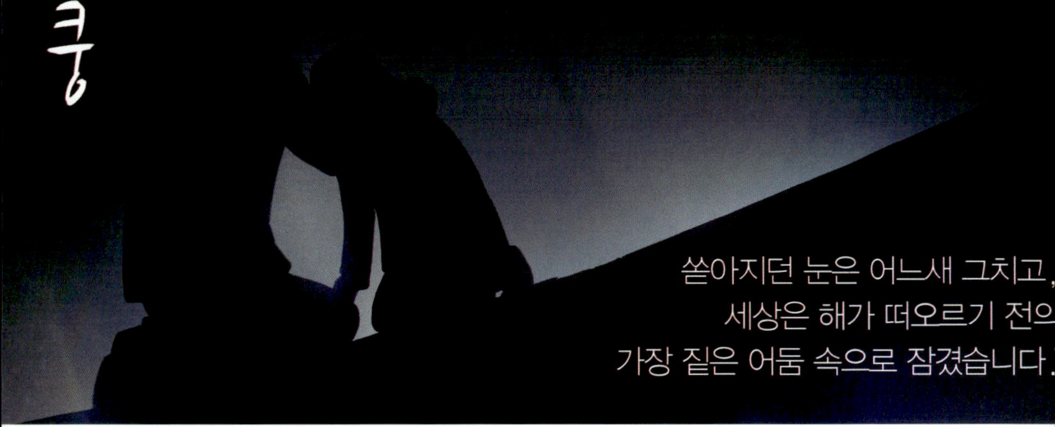

쿵

쏟아지던 눈은 어느새 그치고,
세상은 해가 떠오르기 전의
가장 짙은 어둠 속으로 잠겼습니다.

"저기!
누가
쓰러져 있어."

"빨리
병원으로…!"

깜짝

"…정신이 드니?"

"…여, 여긴?"

"안심해. 병원이란다."

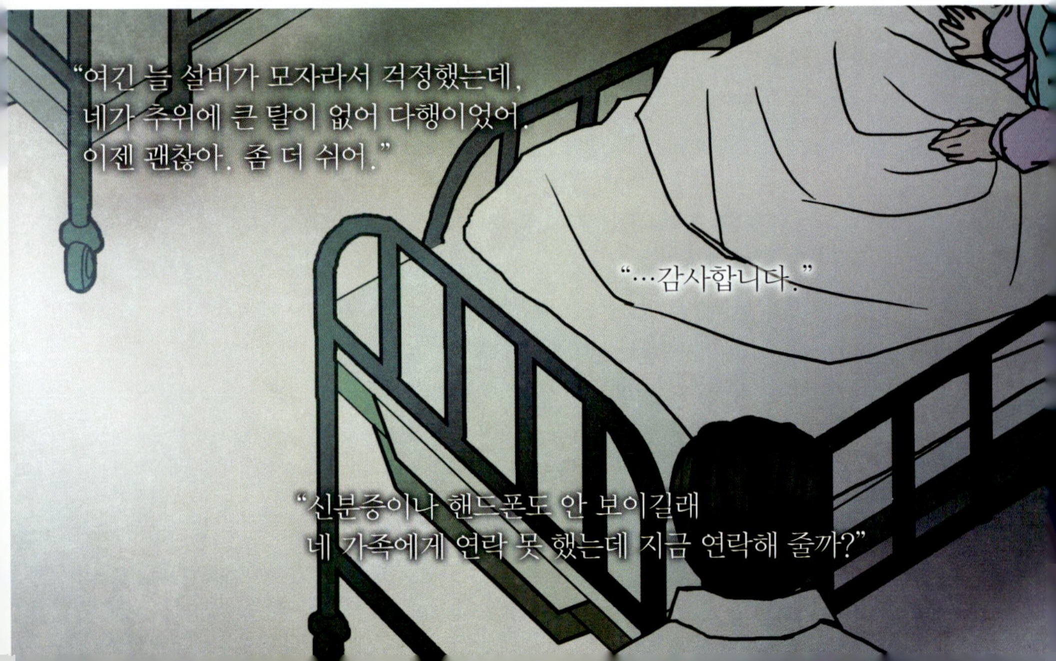

"여긴 늘 설비가 모자라서 걱정했는데,
네가 추위에 큰 탈이 없어 다행이었어.
이젠 괜찮아. 좀 더 쉬어."

"…감사합니다."

"신분증이나 핸드폰도 안 보이길래
네 가족에게 연락 못 했는데 지금 연락해 줄까?"

"……."

"…뭔가 복잡한
사정이 있는 것 같구나.
…일단 건강부터
회복하고 이야기하자.

어디 좀 불편한 데나,
이상은 없니?"

"…네,
괜찮아요….."

"?"

모든 것들이 안개처럼
뿌옇게 보이는 소녀의 눈.

기억은 돌아왔지만,
소녀는 부모님이 없는
세상을 본다는 것이
여전히 두려웠습니다.

......

푸르른 숲이 그려진 벽지로
사방을 가득 메운
조그맣고 허름한 소아 병원.

그곳엔 많은 소아 환자들이
아픈 것도 잊고서 해맑게
지내고 있었습니다.

"나의 헥토파스칼킥을
받아라!"

켁!

"이놈들, 여기가
무슨 운동장인 줄 알아!"

"간호사 아줌마는
맨날 구박만 해!"

"헥토파스칼킥이
얼마나 센지 알아요!?"

"아파서 쉬는
친구들이 안 보이니!"

"치…! 우리도
환자예요~"

"환자면
환자답게 있어!"

"······."

"···싫어요?"

"싫긴! 언니도
동화 좋아해.

이 책도 재밌지만
언니가 책에 없는
진짜 재밌는 동화도
많이 알거든, 어때?"

"재밌는 이야기
해주나 봐?!"

"와?! ···네!!"

소녀는
참새처럼 재잘거리는
여러 아이들에게 둘러싸여

여러 동화들과 온갖
신비한 모험 이야기를
들려주었습니다.

"와! 무서운 이야기!
귀신 이야기 해줘요!"

"아, 조용히 해!"

밝은 아이들….

찾는 가족들도 없이
아프지만 이렇게
환하게 웃는구나.

여기서 계속 이 아이들과
지낸다면 어떨까…?

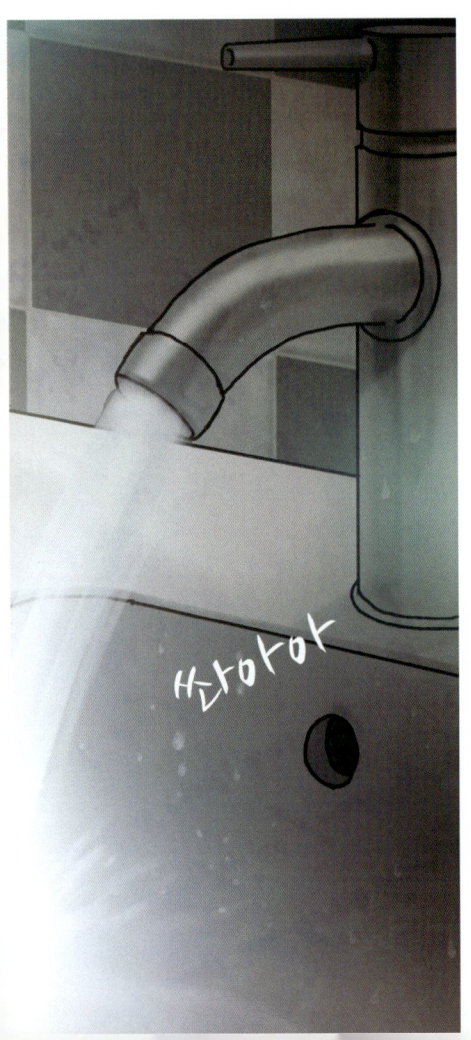

쏴아아아

난… 이제 어디로
가야 할지
모르겠는걸.

"후후…
백설공주 놀이가
재밌나 본데?
…
여기가 마음에
들었나 봐,
앨리스!"

!!!

"괜찮아.

현실에서
도망치고 싶다면
그렇게 해…."

"…그런 건…
아냐…."

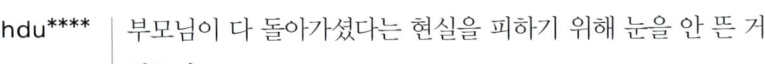

thdu****	부모님이 다 돌아가셨다는 현실을 피하기 위해 눈을 안 뜬 거였구나. ㅠㅠ
yu84****	눈 뜨면 더 예쁠 것 같아요. ㅋㅋㅋ 부럽다.
dhgk****	핵토파스칼킥 ㅋㅋ 깨알 같네. ㅋㅋㅋㅋㅋㅋ
ny97****	나 이거 보면서 울 뻔 했다. 작가님, 제발 〈핑크레이디〉처럼 해피엔딩으로 가주세요~ㅠㅠ
tjru****	고양이 포스 쩐다~ㄷㄷㄷ
j112****	악!!! 이수 아빠가 사고를 냈다니 믿기지가 않아요~!!!!
shin****	친척들은 애린이 돈 때문에 저러는 건가? 짜증나!!
1023****	내가 서애린처럼 생겼으면 이수 같은 남자를 꾈 수 있었겠지.
didd****	이 와중에도 이수는 참 잘생겼군요…….
emul****	계속 동화 속으로 도망만 친다면 현실을 볼 수 없어!!!

TALE

6

붉은 여왕의
티파티

"…아무 일도
없던 것처럼…

잊으라고…?"

"그래, 잊어버려!
동화라는 건 현실로부터
달아나기에 참 좋아.
…그렇지 않니?

교통사고 이후
네가 동화를 좋아하게 된 것도,

부모님에 대한 아픈 기억을
잊으려 현실에서
눈을 돌렸던 것도…."

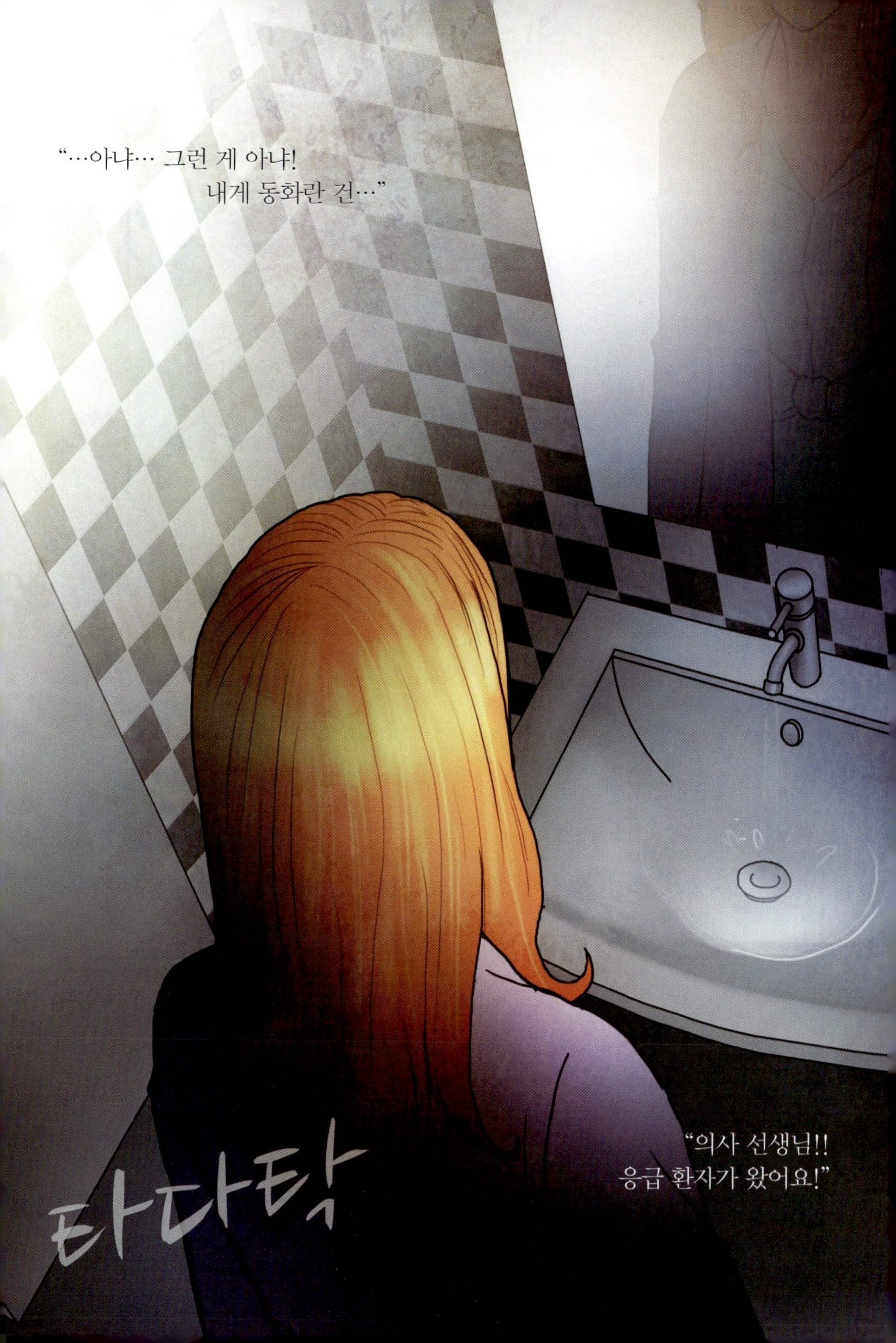
"…아냐… 그런 게 아냐!
내게 동화란 건…"
"의사 선생님!!
응급 환자가 왔어요!"
타다탁

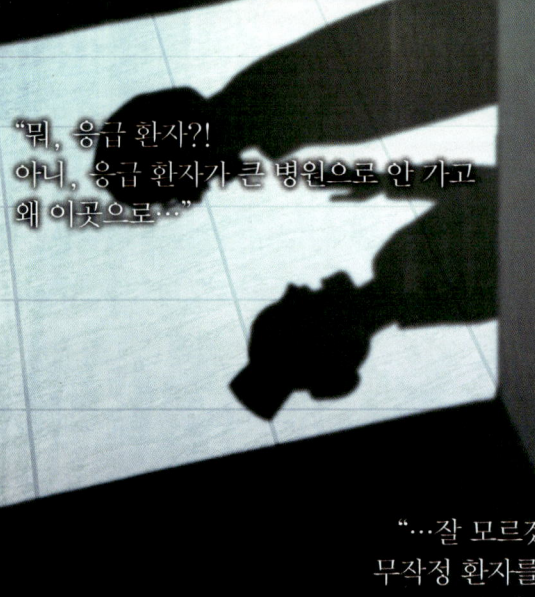

"뭐, 응급 환자?!
아니, 응급 환자가 큰 병원으로 안 가고
왜 이곳으로…"

"…잘 모르겠어요. 보호자가
무작정 환자를 데리고 왔어요.
지금 상태를 보고 있는데
심각한 것 같아요!"

"…무슨 일…?"

…이수 씨 동생?

"갈 곳이 없어 왔는데
좀 도와주세요!
돈은 나중에 꼭 드릴게요…"

타다닥

"…동희야…?
너 동희 맞지?!"

하아

하아

"돈 때문에 그러는 게
아닙니다!"

"…애…린 언니…?"

!!

"……."

"…뭔데 자꾸 감싸고
도는 거지?
너도 그 계집애한테 잘 보여서
한몫 챙길 생각 아냐?

돈을 원한다면 우리가
섭섭지 않게 쳐줄게!"

"…웃기지 마!"

"…아니면 여기가 마음에 들어?
하긴 그 퀴퀴한 집보다야
유치장이 훨씬 쾌적하겠지.
꼴이 아주 우스워… 후후후.

그래~ 마치 거울 속에
갇혀있는 것 같은데?"

"자, 거울아 거울아!
세상에서 누가 제일 돈이 많지?"

"……."

"더 많은 돈이 필요해!!
그 계집애의 유산도 전부 내 거야—
내가 제일 돈이 많아야 해!

그러니까… 어서 서애린
그년이 있는 곳을 말해!!"

…말할 리가 없잖아!

…
이런 일이 벌어진 건
전부 내 아버지 때문인데….

교통사고.
그 일만
없었더라면,

그 애는…

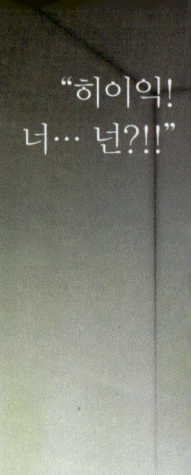

"히이익!
너… 넌?!!"

"애린 언니…?
…혹시 애린 언니예요?"

"응, 그래.
동희야…."

"의사 선생님!
동희의 상태가
어떻죠?"

"…심장이 좋지 않아….
지금 할 수 있는 건
일시적인 조치뿐이야!
어서 큰 병원으로
옮기지 않으면…!"

"도, 동희야!!
괜찮아?!

오빠는?
이수 씨는 어디 있어?"

하아
하아

"…어떤 아줌마랑…
경찰들이…
데려갔어요…."

"뭐…?!"

"…괜… 찮을 거예요.

…오빠 아무 잘못도
안 했잖아요….

뭔가 잘못됐어요…."

"…응, 그래!
…네 말이 맞아.
…괜찮을 거야…."

꾸
욱

"…전 있죠,

언니가 쓴 동화…
정말 좋아해요."

이수 오빠는
동화가 싫다, 쓸데없다 하지만
…그래도 전 동화를 믿어요….

동화 속
주인공들은

…아프거나
소중한 걸 잃어도…
힘겨운 위기에
처하더라도…

포기하지 않고
씩씩하게 이겨내서…

마지막엔 결국
해피엔딩으로
끝이 나잖아요?

"…그러니까…"

…그래,
동화를
믿는다는 건…

……

해피엔딩을
믿는다는
거야.

......
현실에서
도망치기
위해서가
아니야.

지금 내가 해야 할 일이 있어.
나만이 할 수 있는 일…

더 늦기 전에…!!

소녀는 달렸습니다.

강아지 토토나
손을 잡아주던 소년도 없이,
온전히 스스로의
발걸음으로.

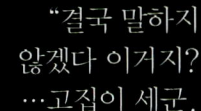

"결국 말하지
않겠다 이거지?
…고집이 세군.

하지만 알아둬.
협조해주지 않는 이상
넌 풀려날 수 없어.
앞으로도 계속…!

네 가족들이
걱정하고 있을 텐데…?

고작 앞 못 보는
여자애 때문에
고집부리다니
이해할 수 없군."

" …… "

"안 되겠어…! 더 이상 지체할 수 없어…. 당장 수술이 가능한 병원을 수소문해!"
"아아…! 아이고, 동희야!"
"내 가족 때문에 그 애에게 준 상처를 외면하라고? … …난 그럴 순 없어…
서애린…."

"이모는 지금 어디 있어요?
만나게 해 줘요.

이모에게 할 말이 있어요."

!!?

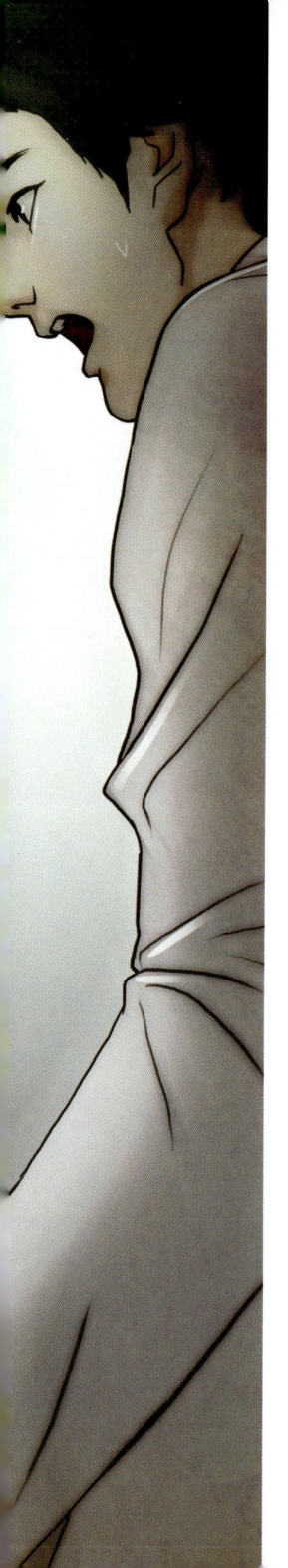

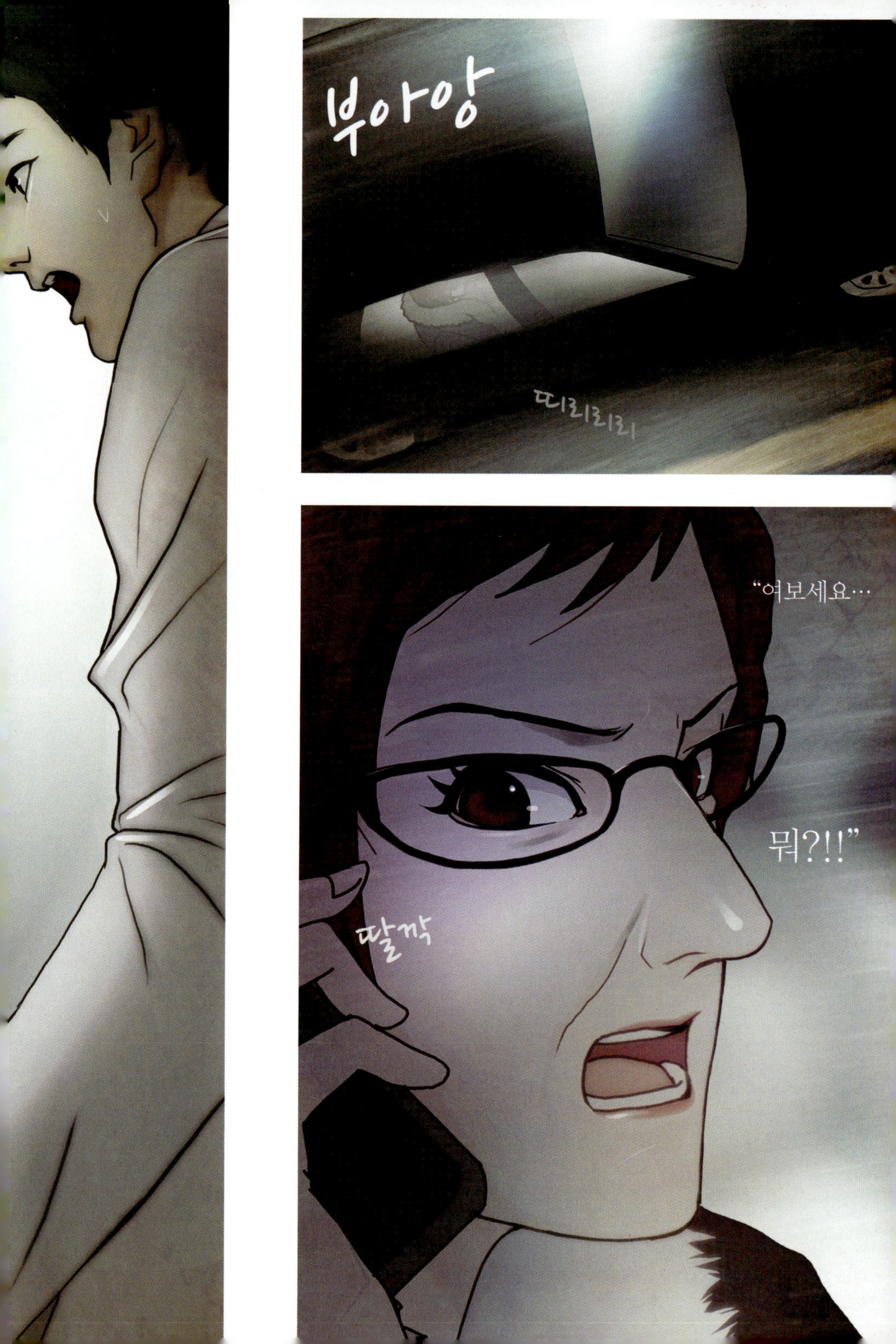

"…애린이를 찾았다고?!

제 발로 나타나…?
응… 응. 그래, 알았어!

후후후… 금덩이가
알아서 오고 있다니….

자, 먼저 도착해서
준비를 해둘까…!"

저벅저벅저벅

소녀는 경호원들 사이를
걸어 나갔습니다.

아니, 카드병정 사이로
붉은 여왕을 향해….

"이모가 원하는 걸
전부 드릴게요.

그 대신…!"

"그 대신…?"

"호호호…

이상한 소릴 하는구나.
난 그저 네가
돌아오기만을 기다렸단다.

어서 안으로 들어가서
그간의 오해를
풀어 볼까?"

"그럴 시간이 없어요!
다 알고 있어요….

제가 사고의 충격에서 벗어나지 못할 때
양부모 행세를 하며 유산을 노렸죠?

그래서 할머니도 다른 곳으로 보내고….
행여라도 기억이 돌아오지 않도록
아무도 못 만나게 가둬 놓고
정신병자로 몰고 간 거잖아요!"

"후후…
그렇단 말이지….."

"그럼 어디
그 세 가지 요구인지 협박인지
한번 들어볼까…?"

"……."

또르르르

"자— 그럼,
어디 말해보렴."

"…첫 번째,

이수 씨를
당장 풀어줘요.

두 번째, 이수 씨 동생이 많이 아파요.
한시라도 빨리 수술해야 하는데,
다른 병원을 구할 여유가 없어요….

제범 오빠네 병원이라면…
당장 가능한 거죠?"

"뭐…?!"

"세 번째 요구는
뭐지?"

"…세 번째는…"

"부모님의 묘가 어디에
있는지 알고 싶어요."

?!!

"그런 시시한 요구들과 재산을 바꾸겠다니?
아하하! 괜한 걱정을 한 게 바보 같아.
너 아직도 어디 아픈 거 아니지?
사고 후유증에서 벗어나 눈을 뜬 줄 알았는데
아직도 눈먼 소릴 하고 있…"

"시시한 요구들이 아니에요.

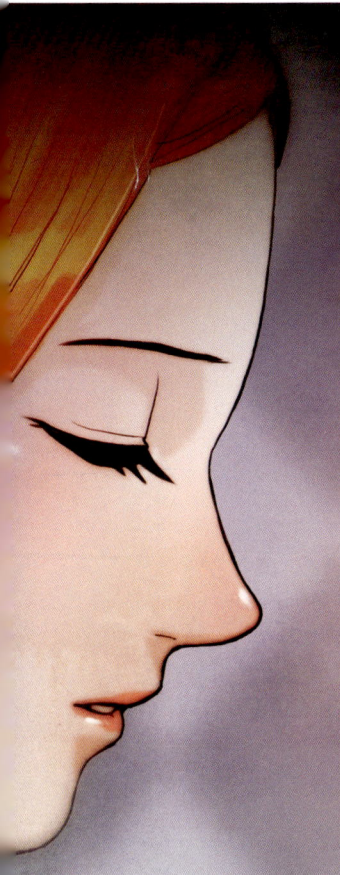

이모는 이해할 수 없겠지만
제겐 모두 중요한 사람들이에요.

이수 씨는 곤란할 때마다 도와준 은인이고,
동희는 제 동화를 좋아해 주는 소중한
독자이자 제게 용기를 나눠준 아이예요.
…부모님은 말할 것도 없고요.

그리고
한 사람 더…"

?

'…이모 역시도 제겐 소중해요.

유산을 다 넘기고 나면…
이모가 그토록 원하는 걸 다 가지면
예전처럼 돌아올 수 있지 않을까—
생각했어요.

원래 이러지 않았잖아요!
이모도, 제범 오빠도……
모두 다 변해버렸어요.
마치 저주에 걸린 괴물처럼….

그래서 이모에게
재산을 넘기면
이 저주에서 풀려날
수 있지 않을까….'

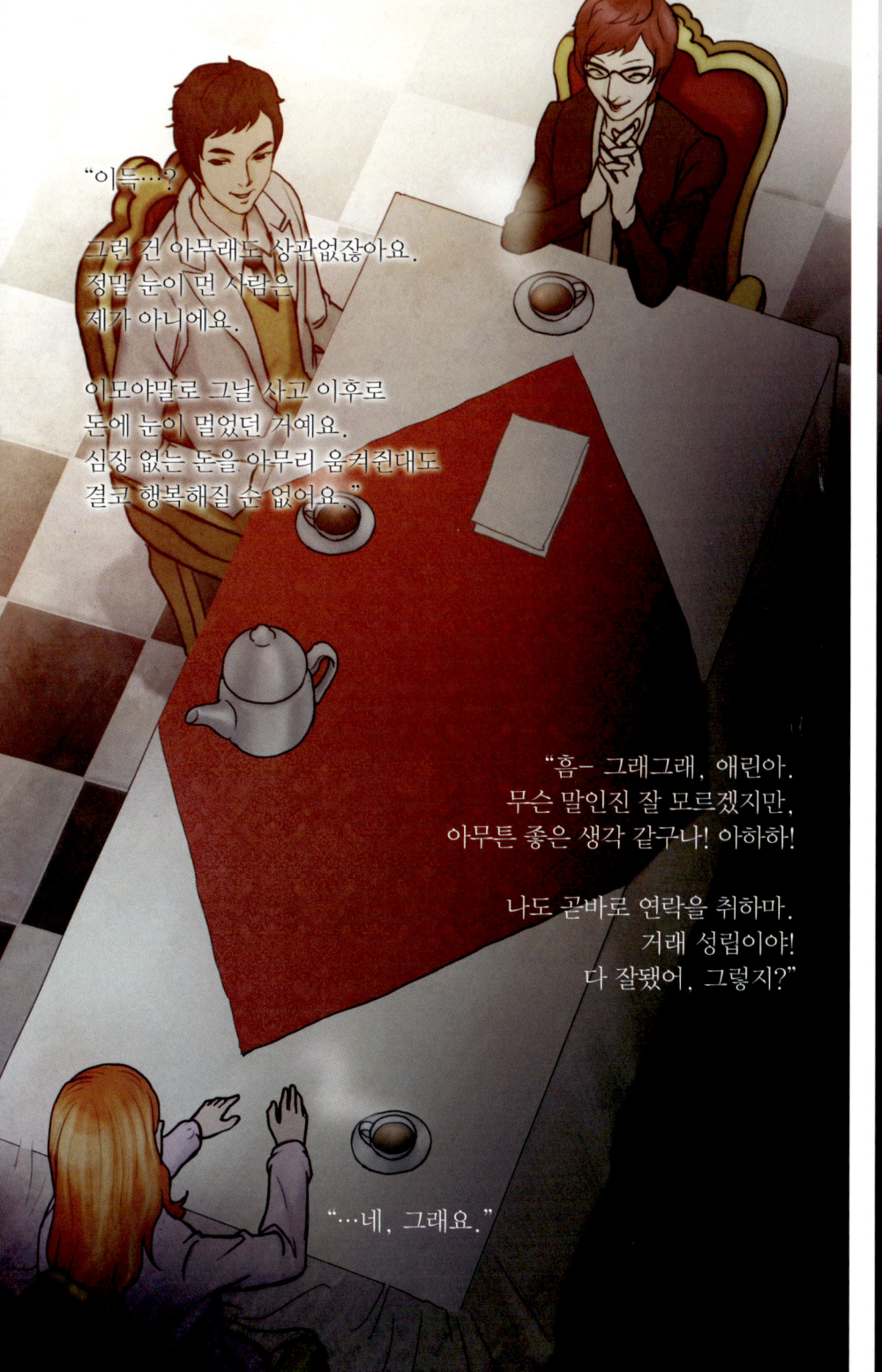

"이득…?

그런 건 아무래도 상관없잖아요.
정말 눈이 먼 사람은
제가 아니에요.

이모야말로 그날 사고 이후로
돈에 눈이 멀었던 거예요.
심장 없는 돈을 아무리 움켜쥔대도
결코 행복해질 순 없어요."

"흠- 그래그래, 애린아.
무슨 말인진 잘 모르겠지만,
아무튼 좋은 생각 같구나! 아하하!

나도 곧바로 연락을 취하마.
거래 성립이야!
다 잘됐어, 그렇지?"

"…네, 그래요."

"약취유인 혐의가 풀렸어.
부모로부터 연락이 왔다.
그… 서애린이란 애,
돌아왔다는군."

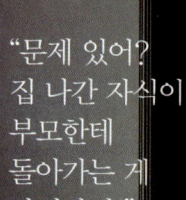

"뭐?!
…애린이가
…돌아갔다니?"

"문제 있어?
집 나간 자식이
부모한테
돌아가는 게
당연하지!"

"아냐…! 그 사람들은
진짜 부모가 아니라고…
…진짜 부모는!"

'…내 아버지가 차로 치어
죽게 했으니까….'

소년은 유치장에 있는 동안
내내 짓눌렸던 죄책감을
떠올렸습니다.

내 아버지가 사람을 치었다고…
소녀의 진짜 부모를
뺑소니쳤다고…

…말해야 하는데!

"……."

"그보다
류이수."

"연락 왔는데 너,
어서 병원으로 가보는 게
좋을 거 같다…."

"…무슨…?!"

"이수야…."

"어떻게 된 거예요! 갑자기 수술이라뇨?
동희한테 무슨 일이 생긴 거예요!?
그리고 수술비는…
수술할 돈이 어딨어요?!"

"…그… 그게."

"환자 보호자분?"

"드디어 그 막대한
재산이 내 것이 됐다!!
해냈어~ 깔깔!"

얼얼

"그래, 토토야…
내가 해야 할 일은 다 끝났어..

이제 모든 것들이 잘되길
믿고 기다리자…."

okeo****	나라면 1. 동희 치료해 주기 2. 이수 풀어 주기 3. 이모는 노예로 만들기. ㅋㅋㅋ
jbo0****	안 돼~ 이모에게 돈이 다 가버렸어. ㅠㅠ
juon****	혹시 부모님 묘에 금덩이가?!
2071****	이모~^^* 밤길 조심하세요. >_<
jhbl****	부모님 묘에 갔더니 유서가 있었으면… 그래서 모든 유산을 애린이한테 물려준다고 써 있으면 좋겠다~ㅎㅎ
dlat****	실제로 애린이 같은 사람이 있으면 좋으련만~ㅜ.ㅜ
kkon****	얼굴도 못생긴 이모가 돈만 밝혀~ㅉㅉ 더 못생겨질라…….
qw82****	재산을 포기하고 이수와 동희를 선택하다니. 엉엉 ㅠㅠ
rlaa****	착한 여주… ㅜㅜ 이모는 아직도 정신을 못 차리는구나.
tlsd****	이제 이수와 애린이가 만나는 일만 남았군! ㅎㅎ

TALE
7

헨젤과
그레텔의 숲

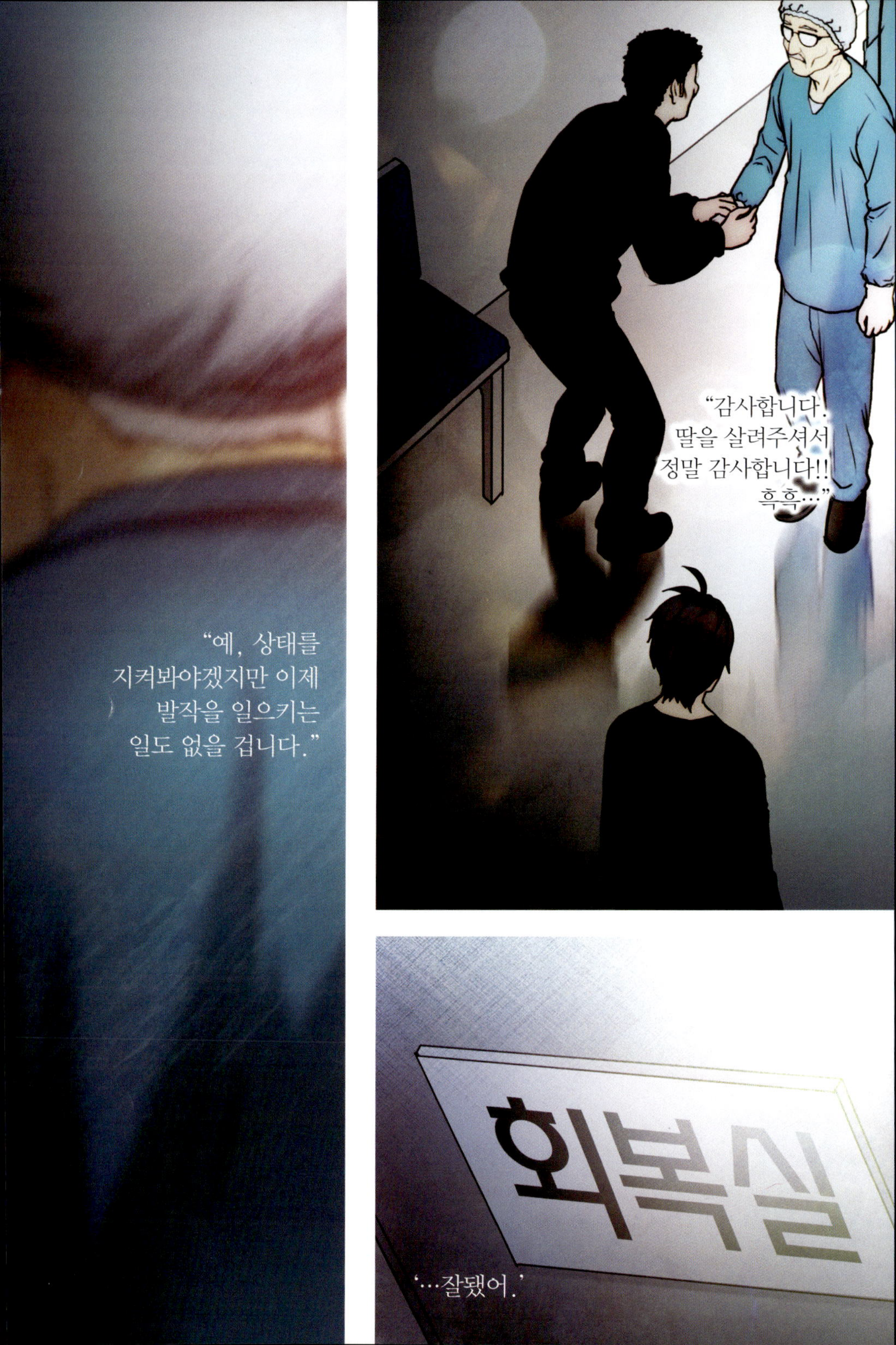

"예, 상태를 지켜봐야겠지만 이제 발작을 일으키는 일도 없을 겁니다."

"감사합니다. 딸을 살려주셔서 정말 감사합니다!! 흑흑..."

회복실

'...잘됐어.'

"…그런데
어떻게 동희가 수술을
받을 수 있었지?"

'정말 잘됐어…
동희야….'

"…네 동생을 살릴 수 있었던 건 전부 애린이 덕분이야."

"…뭐?! 서애린?"

"그래,
널 꺼내 달라 한 것도
동희의 수술을 해달라고 한 것도
전부 애린이가 직접
개 이모에게 요청한 거야."

"…어째서?!"

"그걸 내가 어떻게
알겠어, 하하.

고작 그런
시시한 짓을 하기 위해 유산을
전부 포기하다니….
뭐 덕분에 이쪽은 잘됐지-"

"…유산을 포기하면서까지…
왜? 어째서?!"

"아버지!"

"들었어요?
동희를 살린 게 누군지
들었냐고요? 네!?"

"……
그… 애가…."

탁

"쳇!"

"이, 이수야!"

타악

소년은 정신없이 달려,
소녀와 마주쳤던
그 담장으로 향했습니다.

탁

탁

…아주 오래된
이야기.

그리고 익숙하고
새삼스러운 이야기.

소년은 계속된
불행한 나날들 속에서

모든 건 돈뿐이다−
지폐만이 자신을 구원해줄 수 있다−
믿었습니다.

그렇게 그는
동화 속 저주에 걸린 괴물처럼
홀로 얼어붙은 성을 지키고 있었습니다.

사실 힘겹게 버티고 있었던
건지도 모르지요….

그렇게 버텨가며
지키고 싶었던 건

깊은 철창 속에 가둬 두었던
행복했던 어린 시절.

돈이 전부가
아니던 순간.

그러나

조금씩 허물어져 가는 성과
시들어 가는 장미….

그런 위태롭던
소년의 세상을 구원한 것은

현실 밖에 서 있던 소녀.

언제나 눈을 감고
길을 헤매던
바로 그 소녀였습니다.

"왜… 날 도와준 거야!

나는 네 부모를 죽인
사람의 가족이잖아!
…네 불행의 원인이잖아!"

"그런데 왜 니 걸
다 포기하면서까지
날 도와줘?

너 바보야? 어?
바보냐고!!!"

"너 거기서
뭐하는 거야!"

"저 자식
또 나타났네!"

"그럼
이제부터… 어딜?"

"…일단,

왈왈

부모님
만나러 갈 거예요."

소년과 소녀는 조용한 겨울 숲 속을
아무 말없이 걸었습니다.

토토는 길을 아는 것 마냥 기운차게 앞장섰고,
무성한 나무들과 오솔길 너머에는
무엇이 있는지 가늠하기 어려웠습니다.

어쩌면 이 나무숲 너머 어디엔가
과자로 만든 집도 있지 않을까—

그런 생각을 떠올릴 즈음에야
소년과 소녀는 목적지에 도착했습니다.

소녀의 부모님이
잠들어 있는
고즈넉한 산소에….

"엄마, 아빠… 저 왔어요
너무 늦게 왔죠?

미안해요….
항상 그리웠어요…."

"아…."

내가 저 애를 위해
뭘 하면 좋을까….

내 아버지의 죄를
대신하여,
저 애에게 은혜를
갚기 위해….

"예? 모르셨어요?
계속 눈 뜨고 있었는데?"

"윽⋯."

"동희가 위급할 때 비로소 눈을 뜨게 됐어요.
저⋯ 더 이상 볼 수 없었던 게 아니라
현실에서 도망치고
있었을 뿐이었어요.
보지 않으려고, 부모님의 죽음을
인정하지 않으려고⋯."

"이수 씨는 여전히
동화 싫어하세요?"

끄덕

"......"

"...현실과 동화는 달라...
동화 같은 일은
결국 동화책 속에서만
가능하잖아."

"그렇지만
현실 속에서도
누구에게나 동화처럼
반짝거리는 것들이
있어요.

순수하고
가장 지키고 싶은
소중한 것.

이수 씨에겐 동희가
그런 존재잖아요….

그래서
지켜주고 싶었어요."

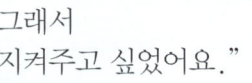

"…하지만,

하지만 그렇다고
네 유산을 다 넘길
필요는 없었잖아…!"

"……."

"있죠─ 어릴 적에
부모님이 들려준
옛날이야기가 있어요.
〈에뤼식톤〉이라고
들어보셨어요?"

?

"애린아- 옛날 옛날
그리스 로마 신화에 보면
에뤼식톤이란 이름의
슬픈 괴물
이야기가 있단다."

"슬픈 괴물?
괴물이 왜 슬퍼?"

"원래 에뤼식톤은 무서운 괴물이 아니었어.
평범한 사람이었대.
그런데 어느 날, 탐욕으로 인해 신에게 벌을 받아
영원한 기아를 겪게 되었단다."

"영원한 기아?"

그래, 아무리 많이 먹어도
배가 부르지 않는 거야.

영원히 배고픈
에뤼식톤—

질겅질겅. 꿀꺽.
아무리 먹어도 배가 고파ㅡ

소중한 것들조차도 아낌없이
닥치는 대로 집어삼키는데 어째서일까?
배고픔은 조금도 가시지 않아ㅡ

'다 내 거야. 내가 전부 먹을 거야!'
질겅질겅. 꿀꺽.

"꺄하하하!
이제 난
부자가 되었어~
오호호!"

"…축하드립니다.
그럼 약속한 대로
재산을 나눠주셔야죠?"

힐끔

"응?! 뭐어?
약─속?
무슨 약속을
말하는 거지?"

"그, 그게
무슨!!!!"

단지
옛날이야기일 뿐이지만,
제가 이모를 위해
할 수 있는 건
그게 전부였어요.

자신마저
먹어버리지 않게
조금이라도 허기를
채울 수 있도록….

"…그럼 이제 어디 가서 살게?
갈 곳은 있는 거야?"

"할머니 댁을 찾아가려고요.
뒤늦게 연락이 닿았는데
잘 지내고 계신 것 같아요.
거기로 짐도 미리 보내놨어요.

그러니까… 제 걱정은
하지 않으셔도 괜찮아요.
어머, 이야기가 길었네요….

이수 씨. 추우실 텐데….

자, 목도리
두르세요."

"아! 자, 잠깐!
…여보세요?"

"…에? 그래요?
알았어요!"

딸깍

"동희가
깨어났대!"

"그래요? 그럼
이수 씨 어서
병원으로
돌아가야죠."

"…같이… 가자.
동희가 너
보고 싶어할 거야."

"…네."

과자집도 마녀도 없는
조용한 숲 속.

그곳엔
더 이상 잃어버린 걸
찾아 헤매지 않는 소녀와
자신이 지켜올 수 있었던
소중한 것들에
감사하는 소년이 있었습니다.

소년과 소녀는 그들을 반겨주는
장소로 향했습니다.

…아직, 이야기는
좀 더 계속됩니다.

소년과 소녀는
병원에
도착했습니다.

"동희야!"

"오빠, 무사했구나!
애린 언니~!"

"몸은 괜찮아?"

"응,
이제 전혀
안 아파."

"잘됐어… 정말."

"…애린 언니."

"응?"

"…역시 해피엔딩을
믿길 잘했죠?"

"…그래, 동희야.
넌 동화 속 주인공처럼
씩씩하게 잘 이겨냈어."

후후후

"응? 그게
뭔 소리야?
둘만 아는
뭔가가 있는 거야?"

"그리고 보니
아버지는…?"

"음, 위에서 바람
좀 쐰다던데…?"

"……"

"…잠시만요."

저벅

저벅

?

왈왈

…!

"…동희를 보러
와줬구나…."

"네."

"이제 와서 내… 내가
어떤 말을 하더라도
네게 용서를
구할 순 없겠지?"

"…제 부모님이 살아계셨다면

중요한 건 앞으로의 일들이다-
소중한 걸 지키기 위해 노력해라-
라고 말씀하셨을 거예요.
그러니까… 저는 괜찮아요….

당부를 드린다면,
동희와 이수 씨, 여태껏
노력했잖아요.
그런 소중한 가족들을
더 이상 실망시키지 않는다면
그걸로 된 거라
생각해요."

흑흑

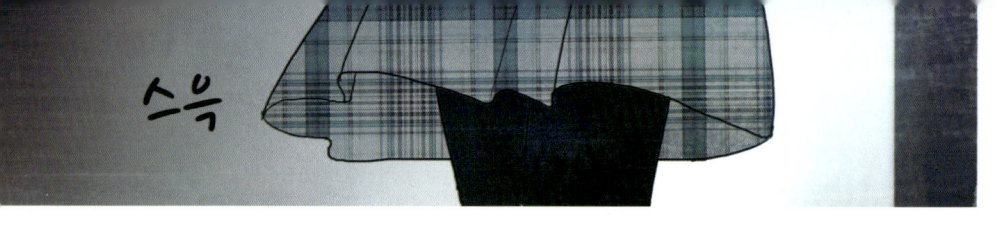

스윽

"서애린, 너 어디 다녀온 거야?
이 지랄 맞은 개, 자꾸
알짱거리지 않게 좀 해 봐!

아니, 그보다 병원에
동물 데려와도 돼?"

푸홋

"뭐 어때, 오빠!
귀엽기만 한데~"

왈왈

"…이수 씨,
곧 봄이
찾아오겠죠?"

"…응?!"

"아! 그러고 보니 곧
새 학기가 시작하겠구나!
드디어 동희가 다시
학교 다닐 수 있겠다!"

그리고 어떤
술주정뱅이….

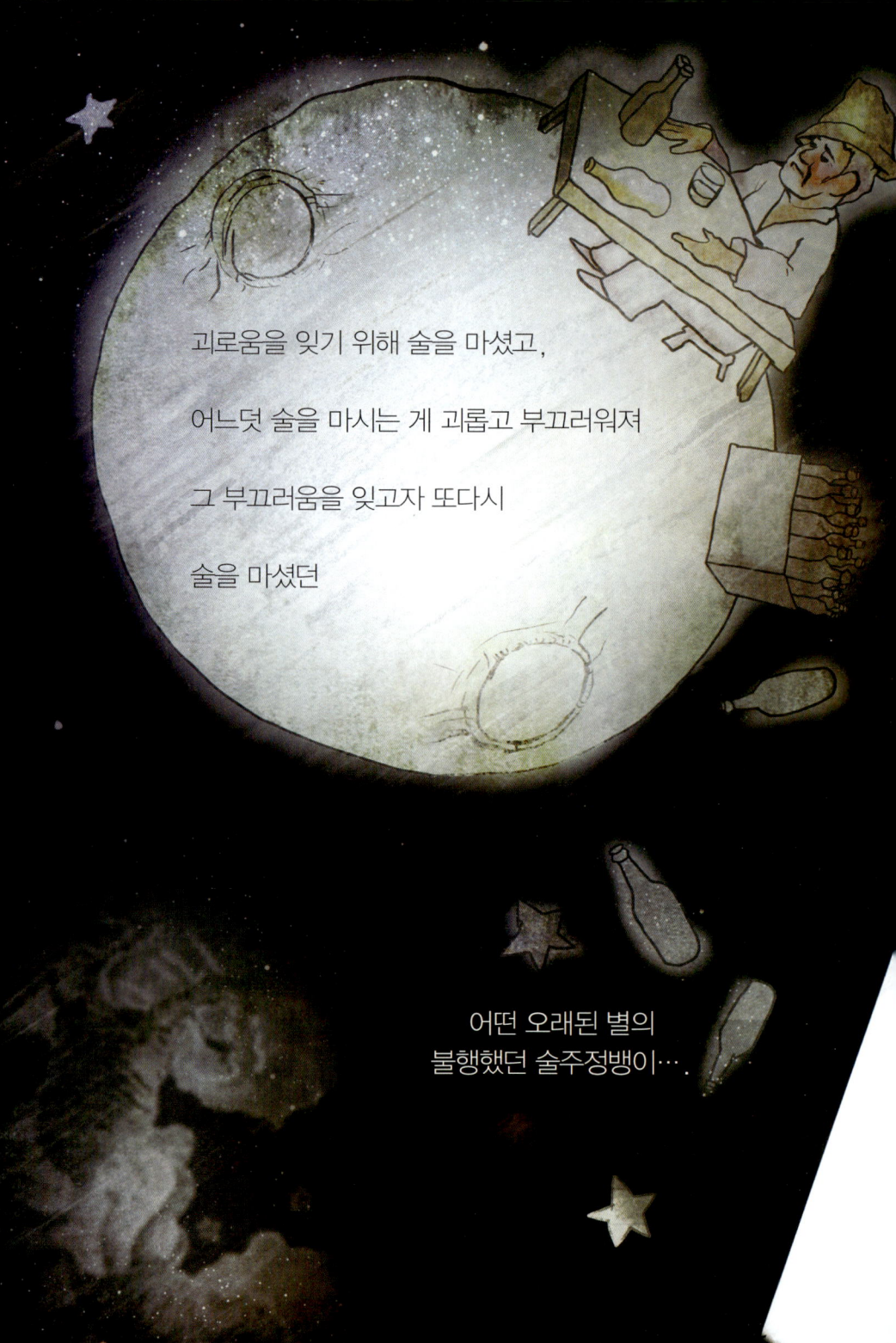

괴로움을 잊기 위해 술을 마셨고,

어느덧 술을 마시는 게 괴롭고 부끄러워져

그 부끄러움을 잊고자 또다시

술을 마셨던

어떤 오래된 별의
불행했던 술주정뱅이….

소년의 아버지는 자신이
아무것도 해주질 못했지만,

조금도 빛을 잃지 않았던
아이들을 바라보며 새삼
고마움과 회한을 느꼈습니다.

…이윽고
그는 굳은 결심을
하였습니다.

풀지 못한 과오가
행여나
바오밥나무의 씨앗으로
자라나지 않도록,

자신의 소중한
이들에게
떳떳할 수 있도록
말이죠.

…곧 봄이
찾아올 겁니다.

길고 긴 겨울이라도 결국
지나가기 마련이니까요.

tlsd****	아, 이수랑 애린이 이어지는 거죠? 제발!
dlth****	이젠 애린이 눈 다 보이는 건가? 잘됐으면 좋겠당. ㅎㅎ
wkdd****	정말 최고! 강아지랑 이수가 눈싸움하는 거 재밌어요!
tlsg****	한 편의 동화책이다. ㅠㅠ 감동적이야.
wlan****	그래도 애린이가 눈을 떠서 다행이다~ ㅎㅎ
1011****	강아지가 질투했구나! ㅋㅋ
dbr0****	와~ 드디어 힘든 고비는 넘겼구나. 하지만 위기는 또 찾아오겠죠? ㅠㅠ
tlat****	바오밥나무… 저 술주정뱅이는 어린 왕자에 나오는 남자네요. 정말 소재가 신선해요.
jinj****	혹시 저 아저씨 자수하는 건가? 마지막….ㅠㅠ
bkw1****	저는 예전에 동화책이 시시하다고 생각했는데 이 만화를 보니까 그런 생각들이 사라졌어요~^*^

TALE
8

Ever After

소년의 아버지가
자수했다는 소식이
전해지자,
한동안은 모두들
당혹스러워 했습니다.

하지만…

면회를 찾아기
한층 밝아진 아버지의
모습을 보게 되자,

소년은 그제야
근심스러웠던 마음을
놓을 수 있었습니다.

"…그래, 동희는
잘 지내는 거지?"

"네. 아버지 걱정을
했었는데 다행이네요.
안색이 많이
좋아지셨어요."

"이젠 술
마실 일도 없더구나.
…나중에 너와 한잔할
때까진 미뤄두려고…."

"…네, 그래요."

아버지의 빈자리는 작진 않았지만—

함께 있어주는 소중한 인연 덕택에
모든 것은 차츰 제자리를
찾아갔습니다.

"…벌써 가야 해?
너만 괜찮다면
동희랑 같이…."

겨울의 끝자락을 넘어설 즈음,
동생도 건강히 퇴원하고,
소년은 다시 모자 장사를
시작하게 되었습니다.

그리고 소녀 역시도
새 출발의 시간이
찾아왔습니다.

"할머니 댁으로 이미
이삿짐도 부쳐놨고,
새롭게 할 일이 생겼어요.

동희 많이 건강해지고
여유 되실 때 놀러오세요.
맛있는 거라도…
대접할게요."

"…응,
꼭 그럴게."

그렇게 얼었던 눈은
시나브로 녹아 가고,
봄의 문턱에 다다르기를
기다렸습니다.

"애린아―"

"네, 할머니."

"오늘 손님이 온댔지?
저녁거리 사러
할미는 시내 다녀올게."

"네,
다녀오세요."

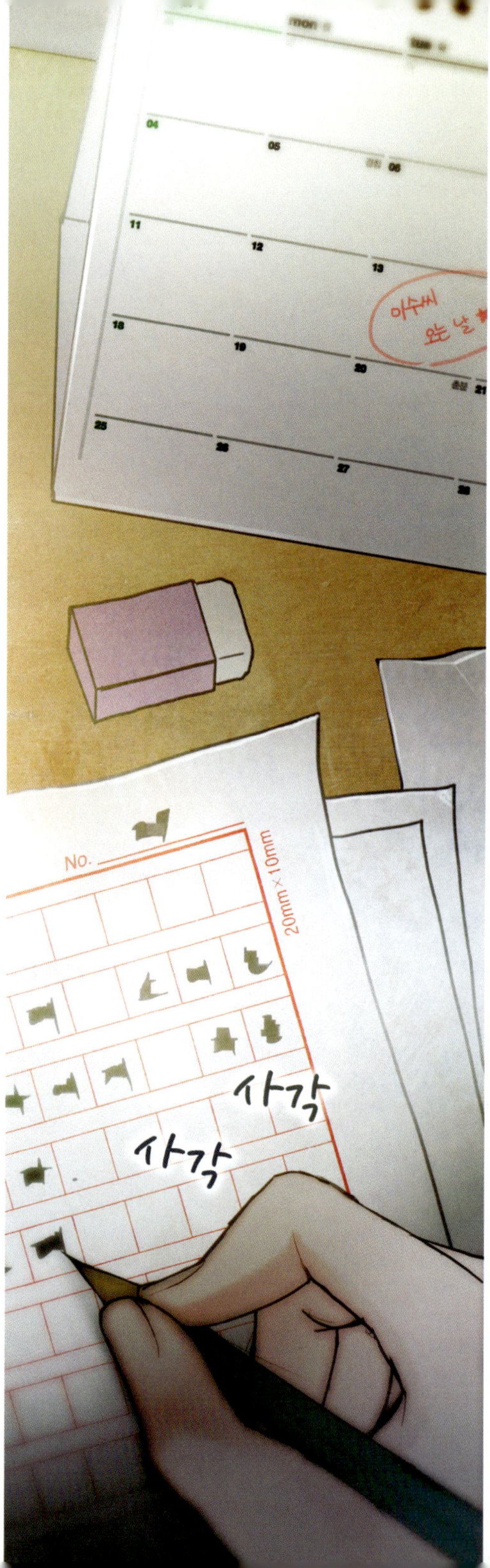

사각

사각

'이수 씨가 어디쯤
오셨으려나-'

"어, 저 집인가?
초록색 지붕집이라고
했으니까….."

"간만에 보네,
서애린….."

'머리도 좀
차분히 했고,
옷도 얌전히 입었고,
선물도 준비했고….

아, 그런데 왜 이렇게
어색하냐.'

딩동

"…에이, 몰라."

"앗! 저리 가!
니 주려고
사온 거 아냐!"

"자, 서애린
받아. 선물."

"와, 고마워요."

"그런데 너 집에서
뭐하고 있었어?
현관에 웬 박스가 이렇게…
혹시 이거 다 이삿짐?"

"아하하… 그동안 좀 바빠서
짐 정리가 아직 안 끝났…."

"안 끝난 게 아니라
시작도 안 한 것 같은데…."

"서애린, 너
책 그만 읽고
빨리 치워!"

"음, 이수 씨 못 본
사이에 왠지
잔소리가 늘었는데요?"

"쳇…
기껏 오랜만에 봤는데
동화책만 쳐다보고
있으니까 그렇지…."

"네?"

"아무것도 아냐…."

"서애린, 이 상자는
어디에다가 둬?"

저벅저벅

"잠시만요~"

"어? 여기가
애린이 방인가?"

"…사실

새로운 동화를
쓰기 시작했거든요."

"새로운 동화…? 새로 시작한
일이란 게 이거였구나."

"아?
자, 잠깐만요!"

"응?"

"동화니까, 뭐
앞 못 보는 불쌍한 소녀를 구해주는
근사한 왕자님 같은 걸로
나오는 건가?"

"그을쎄요~ 아녔나?

그게 아니라 잘 짖는 강아지와
신경전을 펼치는
담 넘는 도둑의
이야기였던가?"

"……"

"어차피 이수 씨는
동화 싫어하잖아요.
관심 끄고 이삿짐이나
마저 정리하세요~"

"쳇, 내가
나온다니까
그러는 거지!"

피식

"방금 건 농담이었고,
사실 아직 뒷이야기를 쓰는
중이라서 그래요.

어떤 이야기냐면…

동화밖에 모르던
소녀와
동화를 믿지 않는
소년에 대한
이야기예요."

소년과 소녀는 어느 날
우연히 마주치지만,

이내 서로가 서로에게
사건을 풀 열쇠라는 걸
깨닫게 돼요.

그렇게 서로를 의지하며
상처를 딛고 조금씩
행복을 향해 나아가는…

"결말은 아직
쓰고 있는 중인데…

…소년과 소녀가
서로에게

가장 소중하고
특별한 사람이 되는,

그런 이야기가 되었음
좋겠다… 생각해요. "

"…응,
그러네….

그런
결말이라면
좋겠다."

"......"

딸착

!!
깜짝

"애린아. 할미 다녀왔다.
손님 와 있지?
빨리 저녁 만들어줄게."

"......"

소년과 소녀는
아직 쓰이지 않은 그들의
뒷이야기를 한껏 떠올렸습니다.

더 행복하기를-
더 따스하기를-

가장 달콤한 동화는
아직 쓰이지 않았으니까요.

그 둘만의 이야기는
계속
이어질 겁니다.

Blind Marchen

블라인드 메르헨

Epilogue

세상의 모든 동화는
언제나 주인공의
등장으로 시작합니다.

동화 속 세상에서
살아가던 소녀가 있었습니다.

소녀는 보이지 않는 세상을
동화 속 세상으로 채우고,

칠흑 같은 어둠 속에서
자신이 잃어버린 것을 찾아
끝없이 헤맸습니다.

그리고 동화를 믿지 않는
소년이 있었습니다.

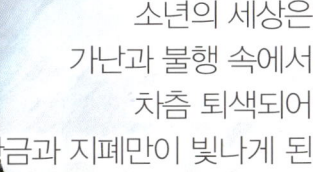

소년의 세상은
가난과 불행 속에서
차츰 퇴색되어
오직 황금과 지폐만이 빛나게 된

차갑고 녹슨
세상이었습니다.

그러한 소년과 소녀가 마주쳤을 때,
이야기는 시작되었습니다.

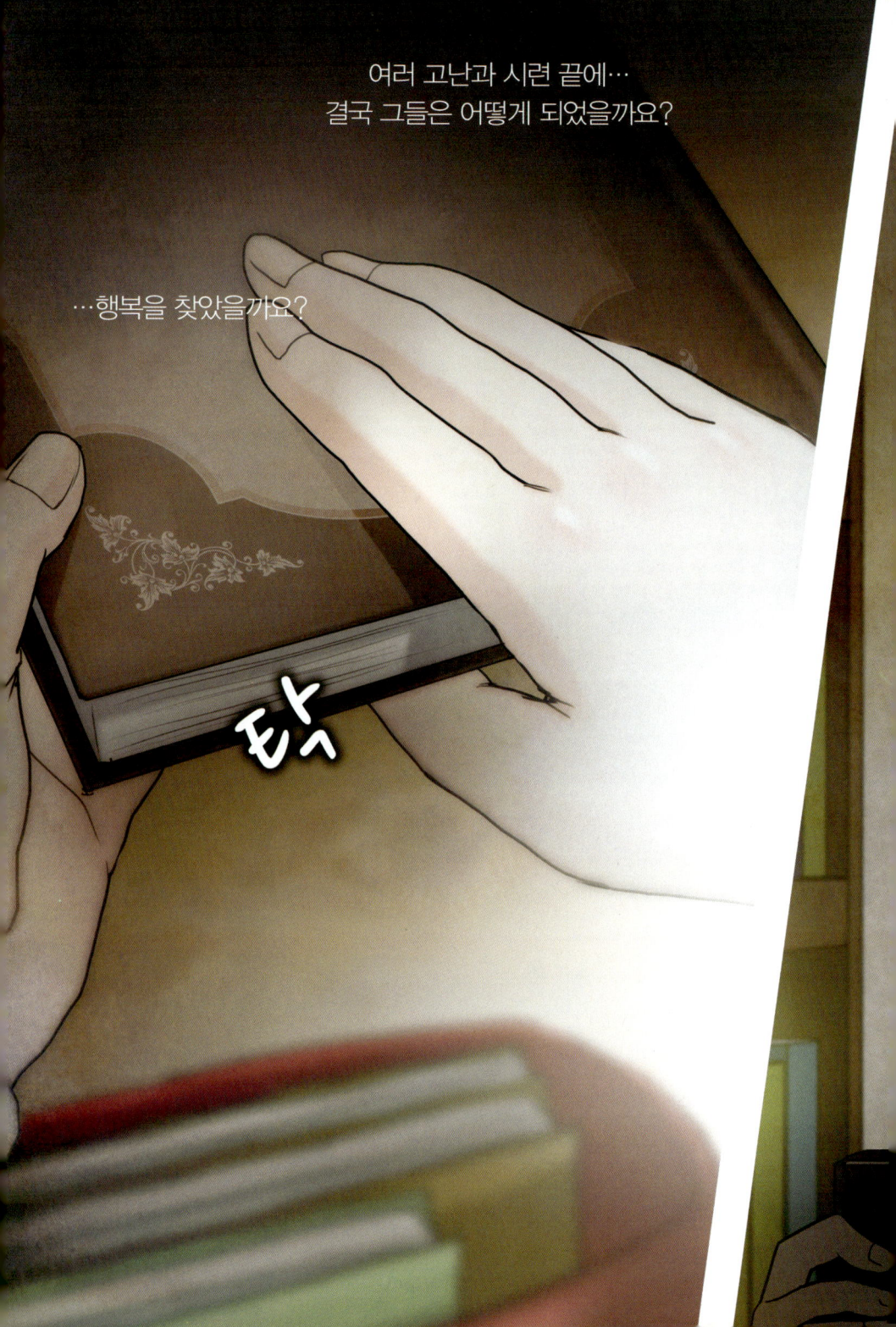

어떤 이야기에도 결말은 있습니다.

그리고 대부분의 동화들은
언제나 다음과 같은 말로 끝나곤 합니다.

"......"

〈…그들은 영원히
행복하게 살았습니다.〉

-라고 말입니다.

하지만 살아가는 데에
간단한 끝은 없습니다.

삶은 계속되니까요.

어떠한 일이
일어날지
모릅니다.

모 대형병원
경영권 분쟁

동화처럼 달콤한 순간도
있겠지만

현실과 싸워야 하는 순간,
고통스런 순간들도
어김없이 찾아올 겁니다.

왈왈

…!

그렇지만 누구나 바라는
해피엔딩을 위해 이렇게 말해두죠.

〈그들은 영원히
행복하게 살았습니다.〉

어려운 일이
닥치고
고난이 따를지라도―

- 앞으로도 쭉 함께 걸어갈 테니까요.

Fin

Blind Marchen

블라인드 메르헨

연 우 X 윤현석

인용된 이야기들
reference

kaje****	아, 뭔가 분위기가 따뜻~~ 현실은 봄 같지 않은데. ㅠㅠ
chos****	우와, 이수 꽃미남이 되어버렸다. 앞머리만 내렸을 뿐인데.
uhy9****	아, 진심으로 예쁜 사랑이네요. ㅠㅠ
51li****	순수한 동화… 내가 얼마나 흥미 위주로 책을 읽고 있었는지 알았습니다. 그동안 수고 많으셨습니다!
mini****	너무너무 예쁘게 끝나서 보는 내내 행복했습니다.
park****	으아앙!!! 〈블라인드 메르헨〉이 끝나면 뭘 봐야 하죠?
gusw****	나 이거 보면서 감동 먹어가지고 막 울고…ㅠㅠ
tlaa****	어머… 작가님, 이렇게 마지막에 서비스 컷을 주시면 댓글과 별을 안 줄 수가 없잖아요. ㅋㅋ
choi****	마지막까지 달콤한 사랑을 하네. 부럽다!!

The End